痛くないかもしれません。

深沢レナ

七月堂

目次

痛くないかもしれません。

虎

ぼくは細い
はしごの先で
震える身体を
説得中なのに

怒れる虎と
化した君は
公転するのを
やめてくれない

君に咥えられて
情けなさそうに

頭を垂れている
ぼくの臓器

床には一面に
血が満ちていて
鉄の匂いが
赤く熟れている

ねえ、はやく遊ぼうよ
もう内臓なんかほうってさあ

真っ白な部屋で
真っ新なぼくたちが
遊んでいる、という
ふりをしようよ

神経症のレッサーパンダ

ライオンやパンダの形をした
遊具は濡れているが泣いているようには見えない
雨に濡れているというよりはむしろ
水たまりではしゃいで水しぶきを浴びているみたいで
笑い声が聞こえるような気がしたが
柵の向こうでは
ロバは立ちながら居眠りしているし
サルたちは雨宿りしながら毛づくろいをしている
雨の日の動物園にやってくると
彼らの日常の隙間に
密かに潜り込んでいるような感覚がする
ブタたちは水膨れした休日の床に横になって

ひんやりとしたコンクリートだとか
間延びしたアナウンスの音に耳をそばだてていて
近づいてくる僕たちに
気怠げな視線を投げてはまた眼を閉じる
レッサーパンダの部屋の前に立った僕たちは中を覗く
ガラス越しに見えるレッサーパンダは
延々と同じところを回り続けていて
ときどき横目で僕たちのことを確認しては
速度をはやめたり
尻尾を動かしたり
でもやっぱりずっと回り続けていた
僕たちはその様子を長い間眺めていたが
もしかしたら神経症なのかも知れないね、という結論に達した
硬い雨が透明な薄いカーテンとなって
僕たちと彼を一つの空間の中に閉ざした

ガラス一枚を隔てて
見られているのは僕たちなのか彼なのか
回っているのは彼なのか本当は僕たちなのか
そんなことを考えながら
僕たちはずいぶん長い間彼の前に立っていた
指先が冷たく痛みはじめ
少しあたたまろうと
小さな食堂に入ってコーンポタージュを頼んだ
それは粉っぽくて、薄くて
そしてなによりあたたかかった
僕たちはコーンポタージュを飲みながら
神経症のレッサーパンダのことを思い出し
あの尻尾を首に巻いてみたらきっとあたたかいだろうね、という結論に達した

枯れ野原

そういえばあの校舎の裏側にはなにがあるんだろう、ってみんなから少し離れて立っていたときにふとそう思った。みんなはなんだかよくわかんない話で盛り上がっているからわたしが少しずつ右に右にずれていってだんだん群れから離れていくのに気づいてない。もしかしたら気づいてるのに知らんぷりしてるのかも。でもわたしも気づいてもらいたいと同時に気づいてもらいたくないし、呼び戻してもらいたいし呼び戻してもらいたくないし、ひとりでいたいし構ってもらいたいしほっといてもらいたいしほっといてもらいたくないし嫌われたくないし嫌われたいしでも愛してもらいたいしなんていうそんなこんながごっちゃごっちゃに混ざり合った気分をほらほらちゃんと咀嚼しなさいよって自分に言って自分で叱ってみたんだけど、そんなことあんたに言われる筋合いないよってくちゃくちゃガムを噛んだまま校舎の裏側にわたしは回り込んでいる。

そこに広がったのはとてつもなく灰色な曇り空の下でことごとく生気を抜かれ

た枯れ草たちの枯れ野原。古い絵の具みたいに乾いた黄土色の身体をたゆたゆ揺らしながら風に唆されて死人のおしゃべりみたいな音を立てている。その音を聞くと鳥肌が立つのに心地よくもある。お墓なんてないのにお墓みたいでホラー映画みたいだなってホラー映画みたいだねって心で呟いてみたというか実際に声に出していたかもしれないでもそんなのはどっちだっていい。まわりにひとはいないしみんなの声も遠くて小さい。もう一歩でやめようともう一歩を歩み続けるもう一歩もう一歩。これ以上進んだらきっとみんなが呼び戻してくるはずと思っていたのだけど何も聞こえてこないしでも正直聞こえてこなくたって構わないし正直みんなから離れていくことにほっとしてしまってわたしは歩いていく両足を止めることができない。

枯れて顔をもがれた草たちはこっちを見ているのか見ていないのか。見ず知らずのわたしに踏まれて怒っているのかいないのかきっとこの無礼な小娘って怒っているんだろうけどわたしは鳥なんかじゃないから仕方がないんですごめんなさいって謝り謝りしながらざっくざっく音をたてる。歩いていったってなにもない、ただくさくさくさくさくさくさ。

さくさくさくさくさくさひっくり返って見えない穴に落っこちる。

ああここまで来ちゃいけなかったんだ行きすぎてしまった行きすぎた。そして落ちながら駆けだしたときにはもうわかってるもうもう取り返しがつかないこと。もうどうやっても取り返しは取り返し返し返せないってわかってはいるけれどわたしのからだは走って逃げださずにはいられない。足を振って振って足振って棒だかなんだかわからなくなってしまうくらいまでとにかく振り振りまくって走る。

追いかけてくる追いかけてくるわたしのこんな足なんかじゃ到底かなわないほど滑らかに。それは姿の見えないまま舐めるように追いかけてきてわたしの喉を掻っ切った。こうなることはわかってた。こうなることはわかってたしこうなってはいけないこともわかってたけれどわたしにはこうなる今に向かってただ進むことしか残されていなかった。

最後の瞬間にお母さん！　と叫んでみたのはそう、こういうときに叫ぶセリフは「お母さん」だと全国共通で決まってるからだけど、叫んでからあれって思った、わたしにはお母さんっていたんだっけ。お母さん？　でもそんなこと考えていたら声が溶けて消えた。

膨らむ

ここのところ太陽が膨らんできている気がする。

朝、洗濯物を干すときにビルの隙間から覗く太陽が先週からやたらと視界に入ってきて眩しい。太陽の方をちらと確認してみると心なしか大きくなっているように思える。そういえば十二月だというのに寒気がやってくる気配もなく洗濯物もいまだ短パンやTシャツといった夏物ばかりだ。僕は夕食の席でそのことを妻に話そうとするのだが仕事から帰ってきた妻はずっと職場の男の話ばかりしている。僕は白飯を口に運びながら、うん、うんと相槌を打つ。打ちながらも今日の白飯はやはり水を入れすぎたなと後悔する。おまけにホウレンソウの和え物も塩辛いしカブの味噌汁も煮過ぎだ。そんなことを反省している僕に妻は、ちょっと聞いてるの？　と語気を荒げる。僕は妻の話に集中しようとするのだがどうしても白飯の水っぽさが気になってくる。炊飯器ではなく米炊き鍋で炊くようになってからいまいち水加減が分からないのだ。そのうち妻は食事を残したままシャワーを浴びに行ってしまった。僕は妻の残した白飯を食べながらやはり水を入れ過ぎたのがいけないのだと思う。そんなこんなで太陽のことはすっかり忘れてしまう。

次の朝太陽はさらに膨らんでいる。遠くに見える白いビルと同じくらいの大きさだった太陽は今やそのビルを飲み込むほど膨れ上がっている。蒸し暑さが増し、短パンにタンクトップだけ身につけて僕はベランダに洗濯を干しに出たのだがふと鉄の柵に触れたときあまりの熱さに飛び上がった。これは尋常ではない地球の大事だ今日こそは妻に話さなければならないという決意を胸に妻の帰りを待っていたけれど妻はなかなか帰ってこない。夜遅くにやっと帰ってきたと思ったら若い男を連れているので太陽どころではなくなってしまう。聞けば職場の新人で、今日から我々と一緒に住むのだという。あら、昨日話したじゃない、と言われると話をちゃんと聞いていなかった自分が悪かったように思えてきて何も文句が言えない。とはいっても納得いかないので仏頂面で食卓に座っていたのだが、若い男は僕の作っておいた南瓜のポタージュと真鯛のマリネとトマトソースと茄子のラザニアを無我夢中で口に掻き入れ、こんなまるでホテルのてっぺんにある高級レストランのバイキングみたいな食事を毎日食べられると思うと嬉しくて幸せこの上ないです、と目に涙を浮かべながら言った。そんな男の言葉に僕はつい専業主夫としての自尊心をくすぐられて、いやいやこんなの大したものではないのだよ全然こんなものでよいのならいつでも作ってあげるよ何でも食べたいものを言ってごらん下手なレストランよりよっぽどおいしく作ってあげよう、と心にもないことを言ってしまう。手をとりあって喜んでいる妻と男を前に僕は今取り返しがつかない台詞を言ったのではないだろうかと後悔していたが、一つの布団の中で幸せそうに抱き合って寝ている妻と男の姿を見ているとまあこれはこれでいいことなのかもしれないと思えてくる。そんなわけで太陽のことはすっかり忘れてしまう。

翌朝目が覚めたとき窓から誰かの視線を感じて飛び起きると、覗いていると思ったのは人ではなく窓を覆い尽くすほど膨らんだ太陽だった。黒点がくっきり見え、輪郭は熱気で揺らいでいる。ほったらかしにしている間にここまで膨らんでしまったのだった。僕は慌てて妻を起こそうとしたのだが、せっかくの日曜日にゆっくり寝ているところを早く起こしてしまっては悪いと思い直した。妻と男は顔に大粒の汗をかいている。寝苦しそうに息をする二人が可哀想で扇風機を回してやろうと僕は物置から取り出してきた。扇風機を組み立て風が二人に当たるように調整する。カタカタと回る音の中、寝返りを打つ妻の顔がくつろいでいるようで安心する。それから僕は男が目を覚ましたとき喜んでくれるように豪華な朝食を用意しておこうと気合を入れる。昨夜寝かせておいたパンの生地をオーブンに入れ、フレンチ風のオムレツを作り、ジャガイモを布で濾して冷製スープにし、最後にトマトを皿に盛って食卓に並べる。あとはパンの焼き上がりを待つだけだ。妻と男はまだ深い寝息を立てている。僕はソファに座って消音にしてテレビをつける。だがどの番組も太陽が膨張しているだとか日本人は避難しているだとかいった緊急報道をしていて面白くないのですぐに消してしまった。何かしなくてはならない大事なことがあったような気がしなくもない。そうだパンを確認しなければと僕は立ち上がり、オーブンのオレンジ色の光の下で少しずつ膨らむパンをじっと見つめる。

芋虫

左腕がうるさいので三枚におろした。案の定、血は出なかった。ここまでうるさくなると血は出ないものだ。まな板の上で、切り落とされた腕の一部は黙り込んでいたのだが、やがておろした腕の切り口から無数の白い芋虫が這い出してきた。芋虫は、湯につかりすぎてぶよんぶよんになった足の指のようにふやけていて、その色は、ひと夏を押し入れの中で過ごした男子中学生の腕の内側のように白かった。彼らはわたしの体内に長い間いたことで、生まれつき備わっていた方向感覚を失ってしまったらしく、わたしの方に迫ろうとしても、うまく前に進めないようだった。そもそも彼らにとって前がどっちなのか、わたしは分からなかった。芋虫の白い身体には頭というものが存在しない。目もなく口もなく触覚もない。数本の筋が縦にはいっていて、足の付け根にほくろみたいな黒い点が均等に並んでいる。身をくねらせて伸びたり縮んだり互いに乗っかったり転がったり絶えず蠢きながら、聞こえるか聞こえないか程の小さな声でぶつくさ文句を言っている。口がないのにどうして声が聞こえるのだろうとわたしは不思議に感じたが、もしかしたら黒い穴から声が出てきているのかも知れない。彼らの発する音は小さくてちゃんと聞き取ることはできなかったが、語尾から察するに関西弁のようだった。わたしは昔つきあった大阪の男を思い出して不愉快になった。六〇万円貸したまま、まだ返ってきていない。ふつふつと怒りが募ってきたのでわたしは芋虫達をつかんで熱した鍋に投げ入れた。かすかな関西弁が湯気に溶けていき、湯の中で白い身体が浮き沈みした。わたしはそれをザルにあげ、水を切り、皿に盛って缶詰のミートソースをかけた。食卓に座ってテレビを観ている夫の前にその皿を置くと、夫は皿の中身を見もしないで平らげた。わたしは安心して、まな板に出したままの左腕の残り三分の一を丁寧に水洗いし、布巾で水気を拭き取って、ラップに包み、密閉容器に入れ、冷凍庫の奥にしまった。それだけの作業を片腕でこなすのはなかなか骨の折れることだった。わたしは新しい左腕を買いに行こうと、財布をカバンに入れ、夫に気づかれないように静かに家を出ていった。

白い仔犬

新居に向かう途中の電車で白い仔犬に出会った。私がその車両に移ると乗客たちが犬を袋叩きにしているところだった。人々はそいつを見ていると腹が立つらしい。そう言われてみるとどことなく不細工で、愛らしいはずなのに苛々する顔をしていた。揺れる床にくたばり毛のまだらに生えた腹を見せて転がっていたそれを私は黙って拾いあげて眺めた。犬は私の手のひらを吸いつくように舌で舐めた。私が犬をスーツケースにしまうと周りに立っていた乗客たちは席に戻っていった。

引っ越し先の寮はコンクリート造りの古い灰色の建物だった。巨大な蜘蛛がいたるところに巣を作り、煤けた窓には大小の蛾がとまって羽を震わせていた。荷物を置く場所はないから一階のロッカーに入れておいて。それから北階段の二階と三階の間には首吊り死体がまだ残ったままだから気をつけるように。ぶっきらぼうに寮母が説明するのを聞きながら私はスーツケースをロッカーにしまった。誰の死体なんですか？

寮母は答えなかった。

寮母は足早に階段を上り、くすんだ壁をやもりが這って逃げていった。部屋では四人か五人の女たちが手作業をしていて挨拶をした私に一瞥をくれただけで各自作業に戻った。何をしているのかわからなかったが忙しそうだった。私も何かしら自分の仕事を見つけなくてはと、床に敷いてあった布を引っ張ってたたんでは広げるということを繰り返した。寮母は出ていって消えた。私たちは作業に没頭した。

そうこうしているうちに日が沈み夜が明けて昼になり夜になった。私は布を丁寧にたたんではまた広げまたたたたたんだ。

外は毎日よく晴れているのに部屋はいつも薄暗かった。私はたたんである布を広げまたたたみまた広げた。

暑くもないのにどろりと汗が出て頬を伝い垂れてきた。布につくといけないので私は舌でぺろりと汗を舐めとった。

あ。犬。

女たちがいっせいにこちらを見た。汗が次々に吹き出してくるのを感じた。女たちは両目で私を捉えながらも手作業をやめようとしない。窓の外でカラスか何かが奇声を上げる。

私は走りだした。部屋の外へ。廊下をまっすぐ。やもりが滑り去る。そのまま突っ走る。急いでロッカーに行かなければ。女たちが追いかけてくる前に。汗が目に入る。犬はまだ生きているだろうか。窒息してはいないだろうか。コインロッカーに入れられても人間の赤ん坊は死ななかったという。三日くらい食べなくても大丈夫だろうか、いやもっと、五日以上経っているだろうか。寮母からロッカーの鍵を奪えるだろうか。ここからうまく逃げられるだろうか。靴が滑る。私は手すりにつかまり北階段を二段飛ばしで駆け下りた。だが三階までくると足が止まった。

両足を浮かせ、腕を垂らし、首吊り死体が緩やかに回転していた。天窓からの陽光を受けて淡く光っている。まわりの空間一体を薄いレース状に蜘蛛の巣が覆っていて、真ん中にぶら下がる死体は百年間倉庫に入れられていたかのように分厚い蜘蛛の巣を全身にかぶっていた。通り抜けようと飛び込んだがレースは何層にもなっていて前に進もうとする私を阻んだ。もがけばもがくほど糸を集めてしまう。私はしばらく両手足で抵抗していたがやがて動けなくなり身を任せた。私は死体と共に糸にくるまれ宙吊りになり、天窓から差し込む光の線を目でたどっていた。

風が吹いて蜘蛛の巣が波打った。首吊り死体が動き出し私の体を強くつかんだ。死体は私の頭を撫でながら口角をわずかに上げて何かを囁いた。いま何を言った？　私は何を聞いたのか。なされるがまま私は半分に折りたたまれそのまた半分また半分にたたまれた。私を上着の胸ポケットにしまうと死体は蜘蛛の巣に収まっておとなしくなった。

白い仔犬はまだ生きているだろうか。ここから大声で呼んだら吠えてこたえてくれるだろうか。だが名前を呼ぶにしても名前をつけていないのだから呼びようがない。せめて名前くらいつけてあげるべきだったのかもしれない。私はポケットの中で窒息しそうになりながら、白い仔犬の事を思い、掠れた声で、きゃん、と吠えた。

せんせい

床に仰向けになって
両足を揃えて
そうだそうやってそのまま天井に向けて
まっすぐに足を伸ばしてごらん
ほら
と、せんせいがわたしたちに言って
わたしはせんせいの低い声を聞きながら上を向いて寝転がって
床の冷たさがのぼってくるのを体の裏側に感じながら
むきだしの両足をくっつけて天井に伸ばした
もっともっと高く伸ばすんだ
せんせいは囁くわたしたちの耳元で内緒話をするみたいに
ワンピースの裾が崩れて

二本の足がむきだしになって
正方形の並んだ天井に向かってふやけた芽を伸ばす温室の植物のようで
浮腫んだ腿の裏が伸びるのが痛いけれど心地よくて
もっともっと空に近づこうと
爪先に力を入れてぐっと伸ばした

そう、そこだ
と、せんせいは言う
あるところまでいくと重さのなくなる点があるんだ
そこに踵を置いてごらん
そっと
ね
わたしはその点に両踵を置いてみるそして重さを失う
ほら足が白く白く冷たくなっていくだろう
わたしは見る白く血の引いていく自分の足の甲を

血の抜けた血管が骨に張り付いて凹んで青くなって
下に落ちていく血流たちがざら、ざら、とざわめく

せんせいは言う、右手に
冷たいものを持っているね
そう出刃包丁だ、それで
両足に赤く線を引こう
包丁で足を切ってしまうだけでいいんだよ
足首を　足の裏から二十センチくらいのところを
すっ
と
ひと思いにすっと、そう
すれば君たちにもっと良い足が生えてくる
ほら簡単だ鉛筆で線を引くみたいにすっと
包丁を左から右に引くだけでいいんだやってごらん

ほら
君たちならできるだろう？

天井に向かって伸ばした足の先からはすっかり
血の気が引いてしまって皮膚が真っ白になっていたから
そこに包丁で線を引いて赤い血が滲んだら
きっと綺麗になるだろうな、と、思った
でも
包丁で切るのは案外痛くてひと思いにはいけなくって
切り口から垂れてきた血の雫が唇の上に落ちて
ぽっ
と鉄の味が舌から喉の奥へと広がってわたしは
ふと
自分は一体何をしているんだろう、と
足を下ろし、立ち上がった

周りには切り株みたいに先端の失われた無数の白い足が床から生えていて
ところどころ床に流れ落ちる血が小さな赤い水溜りをつくっている
わたしはせんせいに向かって
わたし足は切りません、と宣言した
わたしの足から一筋の血が垂れていく感覚がする
わたしはせんせいの光る眼鏡の向こう側にある目つきがどうなっているのかはよくわからなかったけれど
でもあまり心地よい空気ではなかったのは確かで
でもわたし自分の足で立ってせんせいに反抗できたことが嬉しくて
足首の血の温もりを感じながらせんせいと見つめ合った
ちがう
見つめ合っていると思っていたのだけどせんせいが見ていたのは
わたしではなくてわたしの
うしろ
振り返ると昔夢の中で会ったおじさんが立っていて
懐かしくて

とっさに
おじさんの手を握って部屋を走って出て行ったのだけど
出て行く瞬間に後ろを確認すると
せんせいの眼鏡が光っていて
せんせいがこっちを見ていた

おじさんと手をつないで一緒に
足首に少し痛みを感じながらそれでも
黄色信号の点滅するスクランブル交差点を走って
空は曇っていて
喉は温かくて
おじさんと目が合って
無言で笑い合って
駅の前にある大きなショッピングモールに駆け込んでいって
三階まで吹き抜けになっているフロアをよぎるエスカレーターに

向かってわたしたちは走って
おじさんが先に乗り込んだ
けれど
わたしはそこで一歩を踏み込めなくなってしまういつも
わからなくなるエスカレーターに一歩踏み出すときのタイミング
行けない行けないわたしに行けるわけがないわたしが
エスカレーターに乗れるわけがないじゃないそうだ
そうだわたしにはまだちゃんとした足が生えてきていないのに
どうしてわたし自分の足のまま外を走ってしまったんだろう
前を進むおじさんが振り返って不思議そうに見つめるからわたしは言う
お願い見ないでわたしの足こんな泥みたいに沼みたいにぐちゃ
ぐちゃで不安定で確立していないわたしの足見ないでお願い見
ないで足見ないでわたしもっといい足もって生まれたかったの
にこんな沼なんかじゃない綺麗で立派な足欲しかったよわたし

わたしの足見ないで！
　　　　　　　　　　　　　　　　　って。

流れてゆくエスカレーターに
運ばれてゆくおじさんは
上に上に行くにつれて
だんだん幼くなっていって
ああそうかおじさんはおじさんじゃなかったんだ
そうだそうだおじさんのはずがなかったんだ
上に昇るおじさんはまだ少年だったころの君になって
君は当惑しているわたしの細い足を見て泣き出しそうになりながらきょとんと
立ち止まったままのわたしはエスカレーターの隙間を超えることができなくて
やがて昇りきる君は
元通りの君になる

エスカレーターを
降りる一番上のところに
せんせいの眼鏡が光っていて
せんせいがこっちを見ていた

眠り

三月の雨を走り去る車の残響と
逆向きに私たちは小径を伝い
ビニール傘を通して歪んだ薄灰の空を見ながら
誰もいない植物園の入り口へと歩いていった
門を通り抜けると静けさがひろがって
雨と私たちのたてる不規則な足音が
生乾きの水彩画に垂れた滴のように
湿った大気に滲んだ

あるべきはずの花は
どこにも見あたらず　葉の姿さえなく
濡らされた枝だけが黙々と茶色を増している

木々の足元には
ひとつひとつ花の名前が書かれた白いプラスチックの札があって
それらはまるで小さな子どもの
墓標のように見えた

こんな死んだみたいな
固い枝の殻の中で
これからの葉と花たちが
着実に育まれているんだね　と
彼女は微かに言った　言ったようだった
私たちは雨のつくった
大きな水たまりの真ん中に
立ち止まって
空に細く伸びる枝を見上げた

薄灰が少し和らぎ
雨音が遠のいた
辺りを満たしている凍えた沈黙から
何かの寝息が聞こえ
誰かの体温が伝わる　と
私は微かに思った　思ったようだった
隠された花の匂いを嗅ぐために
冷えた空気を吸い込むと
水たまりの表面が揺れて
細かな波が走った

私たちは
夜が明けて
朝を迎えたばかりの
無人の湖を滑る小舟のように

水面を靴の先で割りながら
植物園の錆びた札のかかった
出口へと向かった

空気猿

家の周りを空気猿たちに囲まれる。二匹や三匹ではない。三、四十匹といったところか。昼食用に丸ねぎの皮を剝いている彼は気が付いていない。立方体の小さい家は分厚い壁で覆われていて、ドアや窓がないことは言うまでもなくほんの隙間さえもないのだから。彼は生まれて間もなくこの場所に連れてこられ、眠っている間に壁の建設が行われた。それから約七十年間彼はこの家の中だけで生活してきた。当然外の世界の存在など知る由はない。だが、今、空気猿に包囲されたことで、初めてその可能性が与えられた。積み重なった空気猿たちによって家はかつてなく負荷がかけられ、程なくして、内部で傷み出した壁が軋む音を立て始めるであろう。そうなればきっと彼は丸ねぎを切るのを止め、何の音か、と家の中を見回すに違いない。しかし異変はない。至って平常通りである。けれども外では猿が増殖し続け、その数は六十、七十を過ぎる。猿たちはけたたましく騒いでいる。壁の内部では微細なひびが生まれている。彼の耳にはそれまでの人生で聞いたことのない種類の音が聞こえ始める。彼は包丁と丸ねぎを手にしたまま、慎重に壁際を歩いて回る。空気猿は百十匹を超えている。限界値を上回った壁は今にも崩壊寸前である。そこでもし、彼が、ふと、包丁で壁に切れ込みを入れるとしたらどうなるか。それらの要因が相まって家は崩れ、彼の前に世界が開かれることになるだろう。呆然と立ち尽くす。瞬間、空気猿たちが一斉に飛びかかり、彼を外へと引っ張り出す。そして大きく息を吸い、ぽむ、ぽむ、ぽむ、と膨らんで真ん丸になった猿たちの浮力で彼は宙に浮き出すのだ。七十年鍛えることもなく放任されていた彼の細い身体は、ただ空気猿になされるがまま、上へ空へと上ってゆく。彼は目にするだろう。様々な色形の屋根、煙突、煙を出しながら通り過ぎる汽車、黒い服、犬、指をさす小さな少女とその母親、帽子、汽笛が鳴り、蒸気船、海にたゆむ波、風が走り山の葉たちはそれに応え、飛び立つ鳥と湧き上がった羽毛、太陽の下、雲が雫となって掌に載り、水は落ち、巨大な飛行船の影。その何もかもが初めてで、一つも取り零さないようにと、彼の体のあらゆる感覚が総動員している。けれども、彼の歳を過ぎてから初めて知るにはこの世界はあまりにも多彩で広大だ。その多彩さは彼の心の奥底に新たな息吹を生まれさせることになるかもしれず、あるいは、君はもう長くは生きられないのだよという夕刻のカラスの囁きによって、残酷な現実と化すのかもしれない。いずれにせよ、そんなことはこの話と関係を持たない。この話はそういった類の寓話なのではない。それは可能性の話に過ぎず、われわれの彼は家の中、今、目の前にいるのだから。彼はむろん、未だ黙って、丸ねぎの皮を剝き続けている。さしあたりはこのままで大丈夫であろう。

マンボウの皮膚

二十二時二十二分。僕は家に帰る。妻は台所で夕飯の支度をしている。

食卓の椅子が三つに増えていて、新たな席にクマが座っている。

クマは高い声で、はじめまして、と僕に言う。

僕は黙って見つめ返す。

クマは僕を見つめ返す。

刺身を持ってきた妻が席につき、いただきましょう、と僕らに言う。

いただきます、と僕らは言い、箸を持ち、刺身を食べる。

ニュースのアナウンサーが言う。見てください、太平洋に巨大なマンボウが浮かんでいます。

海の表面で横になって浮かんでいるマンボウ。

横になって浮かんでいるマンボウのつるつるの皮膚。

痛。

テレビに見入っていた僕のことを、突然クマが太い腕で殴る。

僕は言う。おい何するんだ、殴ったら痛いだろう。

クマは言う。痛くないよ。全然痛くなんかないよ。

痛いんだよ。痛くないよ。痛いのは俺だ。僕は俺じゃないよ。

俺は僕だ。俺は僕じゃない。違う俺は俺だ。僕は痛くない。

だから俺が、
痛くないわよ。

妻が割り込んでそう言って、刺身に箸を強く突き刺す。

黙った僕らは死んで冷えた、刺身に醤油をつけて食べる。

二十二時二十三分。僕は家に帰る。妻は台所で夕飯の後片付けをしている。

食卓にはクマが座っていて、パイナップルを丸ごと食べている。

僕はクマの隣に座り、クマの方をちらと見る。

クマは皮ごとパイナップルにかじりつき、僕のことを見つめている。

ニュースのアナウンサーが言う。見てください、巨大なマンボウの上にアホウドリがとまっています。

海の表面で横になって浮かぶマンボウのつるつるの皮膚。

マンボウの皮膚の上にとまっているアホウドリの細い脚。

パイナップルの汁でベタベタになったクマの手と掌と爪。
痛。
破けたYシャツの三本の線から血が赤く垂れる。
血の流れる僕は言う。何するんだ痛いだろう。
汁でべたつくクマは言う。痛くなんかないよ。
台所からやってきた妻が言う。痛くなんかないわよ。
僕は言う。痛いのは俺だよ。
妻は言う。よく考えなさいよ。痛いわけがないでしょ。よく考えなさい。
僕はよく考える。
それではマンボウ学者の木村さんにお話を伺ってみましょう。
パイナップルと共に太平洋の上に浮かぶマンボウ。
痛くないかもしれません。
二十二時二十四分。僕は家に帰ってきてしまう。
妻とクマは食卓を台代わりにして卓球の試合をしている。
クマが僕めがけてスマッシュを放ち、球が僕の眉間に当たる。

よく考えなさい。
僕はよく考えてから、痛い、と言ってみる。
クマはよく考えないうちに、痛くない、と言ってくる。
妻は言う。痛いわけがないじゃない。
僕は言う。痛くないわけはないだろう。
妻は言う。なんで痛いなんて言うのよ。
そして泣き出す、しゃくりあげる、号泣する、慟哭する。
僕は言う。悪かった、痛くない痛くなんかなかった。
クマが僕のことを殴る、打ち叩く、強打する、打擲する。
一点、二点、三点、四点。
僕は言う。痛くない痛くない。全然痛くなんかない。
木村さんは言う。皮膚が大変弱いので細やかな注意が必要です。
太平洋に浮かぶマンボウとアホウドリとパイナップルの棘。
二十二時二十五分。僕は家に帰らずにはいられない。
妻とクマはワインのボトルをピンにしてリビングでボウリングに興じています。

では専門家の木村さんにご意見を伺ってみましょう。
われわれは今、発想の転換の必要に迫られているのです。
発想の転換。
僕はクマを殴ってみる。
痛い、とクマは言う。
痛いよう、何するんだよう。
僕は言う。痛くない。
僕は殴り、打ち叩き、強打し、打擲する。
二点、三点、四点、五点。
痛い、痛い、とクマは泣く。
木村さんは言う。痛くないでしょう。
痛い、痛くない、痛い、
痛くない。
クマは泣くのをやめない。やめないでしょう。
痛いよう。俺が僕を殴ったよう。

よく考えなさい。
妻が台所から助走をつけ、ボールを掲げて僕の方に迫ってくる。
ストライク！
僕は気を失うパイナップルになって棘をなくし刺身になる。
ワインの海に揺られアホウドリの足の下で朽ち果てていくマンボウの皮膚。

空腹

ゆうはんを食べてもまだお腹が空いていたから
えびせんを一袋まるまる食べた
えびせんを食べてもまだ満たされなかったから
冷凍庫に入っていた棒アイスを一ダース食べた
アイスが胃の中で溶けはじめると満腹感もなんだか消えてしまって
母親が大事にとっていたチーズ味のクラッカーを食べた
辛いものを食べると甘いものが食べたくなってきて押入れをあけた
お歳暮にもらった箱入りのゼリーを十個一気に流し込んだ
お風呂からあがって缶ビールをあけた母親が
クラッカーが無くなっているのに気がついて騒ぎはじめた
ごめんと言っているのにごちゃごちゃうるさいから母親も食べた
贅肉が脂っぽくて胃がもたれてしまったから

胃腸薬を飲んだ、苦甘かった
薬が効くとまた食欲がわいてきて
インスタントのラーメンを五袋茹でた
お母さんは？　ってしつこく引っつきまわってくる父親が鬱陶しいから
父親もラーメンにのせて食った
靴下の後味がじっとりとへばりついて不快だったから
外に出てお気に入りのイタリアンのお店に行った
シーザーサラダ、サルシッチャ、マリナーラ、フォカッチャ、
カルボナーラ、ラザニア、ええ成長期なんです、サラダはLで。
カプレーゼ、ジェノヴェーゼ、ペスカトーレ、ライスコロッケ、
ボロネーゼ、本日のお魚とクアトロフォルマッジョ……
とりあえず以上で。
次々とやってくる料理たちを
食べても食べても満たされなかった
消したらまたすぐ次が出てきて

ゼロになればまた注文し直し
こんなに食べたら今年はビキニは無理だなって考えると悲しくなってきたけど
お腹がさみしがるから仕方なかった
そろそろ和食の気分だから次の店に行こうと思って
そのまま店を出ようとしたら店長さんに止められた
お支払いただけないのであればオトクイサマでもホウテキシュダンをヤムヲエヌトカ云々カンヌン……
至極イカンデアリマシタノデ
店長をぶちぶちちぎって食った
逃げようと喚く他の客も店員も手あたり次第ちぎって食った
でも最後にひとり残っていた店員のお兄さんが
昨日テレビでやっていた『ロミオ＆ジュリエット』のディカプリオにすごく似ていて
あまりにも美し過ぎて直視できずに照れていたら
お兄さんの口が鰐のように開いて
いただきますって食べられた

洗濯機

あなたは洗濯機の前に立っている、さっきからずっと。雨つづきでたまってしまった洗濯物を消化しなくてはならないのだ。洗濯槽の回る低い機械音を延々と聞きながら、あなたは今週あったできごとをだらだらと思い返している。ふと、あなたは後ろにかすかな気配を感じて振り返る。そこには女の子がいる。髪は黒く肌は白い。あなたはその子をよく知っているはずなのに、あなたはその子が誰だかわからない。女の子は、お母さん、とあなたに呼びかける。そう、あなたはその子の母親であり、その子はあなたの娘である。お母さん、と呼ばれたのだからそのはずなのに、あなたはその子が自分の娘であるという認識になかなかたどり着けない。女の子はあなたの着ている薄いブルーのワンピースの裾をつかんでいる、小さな手のひらで、蝶を握りつぶすようにぎゅっと。お母さん、お腹減ったよ、お母さん、とその子は言う。あなたと女の子は瞬きせずに見つめ合う。あなたは茶色い瞳に見つめられて、女の子が自分の娘だと把握する。濡れて重たくなった汚れ物が洗濯機を激しく揺らす。

あなたは洗濯機の前に立っている。あなたはぼんやりと目の前の女の子を見下ろしている。女の子は相変わらず空腹を訴えているが、あなたはそんなことよりきつく握られたワンピースのことが気になってしまう。そのワンピースは三日前に買ってきたばかりであなたは気に入っているのだ。あなたは小さな手の甲を引っ叩いて放させる。そんなに強く握ったら皺になっちゃうじゃない。けれども女の子はまたあなたのワンピースの裾をつかむ。その力はさっきよりも強い。お母さんお母さんお腹すいたお母さんお腹すいた。女の子はワンピースの裾を引っ張りつづける。あなたは自分の気持ちをわかろうとしない女の子に苛立ちさらに強く叩きつける。いい加減にして。その口調は自分の娘に言うにしてはあまりにも冷淡だ。しかし女の子は泣きだすどころか楽しんでいるかのように、喉の奥で笑い声をあげはじめる。あなたはそんな女の子に気味悪さを感じる。女の子の笑いは加速し増大し洗面所いっぱいに膨らむ。女の子はあなたの腕をつかむ。あなたは振り払おうとするが決して逃れられない。洗濯機の回る音が女の子の笑いに協調し轟く。

あなたは洗濯機の前に立っている。あなたは女の子と黙って見つめ合っている。その子の茶色い瞳をじっと見つめているうちに、あなたの記憶は溶けた豆腐さながら確実さを失くしてゆく。あなたはその子が自分の子供であるかどうかに確信を持てなくなる。それどころか自分が子供を産んでいたかどうかさえ定かではなくなる。あなたは女の子を今一度よく観察する。黒い髪を二つに結びおさげにした丸い顔。二重の線の長さが微妙に異なるために左右で大きさが違うように見える目。あなたはそのずれ具合が自分自身の目のそれとそっくりだと感じずにはいられない。たしかにその子はあなたの娘である。しかしどうしてあなたは自分に娘がいるのかわからない。かつてあなたはあなただけが成しうることがこの世界に存在し、あなたは自分が待ち望まれていると信じていた。けれども現実のあなたの使命は、洗濯機の前に立ち、娘と夫の汚れ物を洗い、食事の支度をすることだ。明日も明後日も。あなたはあなた自身に思う。これはわたしじゃない、わたしであるはずがない。

あなたは洗濯機の前に立っている。あなたは小さな女の子だ。今はもう午後四時前であるにもかかわらず、あなたは朝起きてから今まで何も口にさせてもらっていない。あなたは痛むような空腹を訴えようと母親を探して洗面所に来たのだ。しかしそこに母親の姿はなく、ただ回る洗濯機があるだけだ。洗濯機は気むずかしげな低い音で唸っている。その音はあなたの鼓膜を強く打ち付ける。あなたはまるで洗濯機が自分の方に迫ってくるかのように感じ、洗面所から逃げ出そうとする。しかしドアにドアノブがない。どうしても逃げられない。あなたは目を瞑る。汗が滴る。洗濯機の音があなたに襲いかかる。

あなたは洗濯機の前に立っている。あなたの洗濯機は三年前くらいに買ったものだからそんなに古くはないのだが、安物だったためか派手に揺れる。あなたは三回目の洗濯が終わるのを目を瞑って待っている。洗濯機の音が執拗にあなたに迫るがあなたは洗面所を出て行こうとはしない。どっちにしろあなたは洗面所から出て行くことはできない。

あなたは洗濯機の前に立っている。もう何時間も立っているのだが洗濯機は回り終わらない。あなたにはわかっている。そう、夜になっても洗濯機が回り終わることはない。

あなたは洗濯機の前に立っている。たったひとりで。

いいえ、あなたの洗濯機とふたりきりで。

あなたは洗濯機の前に立っている、さっきからずっと。雨つづきでたまってしまった洗濯物を消化しなくてはならないのだ。洗濯槽の回る低い機械音を延々と聞きながら、あなたは今週あったできごとをだらだらと思い返している。けれどもあなたが火曜日の午後の記憶を思い出せないうちに、洗濯の終わりを告げるアラームが鳴る。

あなたは洗濯機の前に立っている。あなたの洗濯機のアラームが鳴る。
あなたは洗濯機の前であなたの洗濯機の蓋を開ける。
あなたの洗濯機の中にあなたの女の子が
あなたの洗濯機の中にあなたの
あなたの洗濯機の
あなた

指覚え

隣町は
歩いて行くには遠すぎたし
一人で電車を乗りついで行くには
わたしはまだ幼すぎた
それで
ピアノの教室に通う毎週金曜は
祖父に車で送ってもらった
九州の男七人兄弟の中で生まれ育った不愛想な祖父がとても怖くて
母とこっちに移ってきてから二年も経つのに
祖父がいるときは後ろ姿ですら緊張し
唇を舐めては口の周りを赤く腫らした

運転中何も話さず
到着しても声をかけるでもなく
祖父は相変わらず不機嫌そうに新聞や本を読み始める
でも
なんだかんだいって毎週レッスンが終わるまで待っていてくれて
日が沈んでから後部座席に戻ったわたしに紙パックの牛乳を渡してくれた
表面に付いた細かな水滴が
指の間に冷たく伝う
ストローを嚙んでちょびちょび飲む帰り道
片手でハンドルを回す祖父の肩越しに
闇の中すれ違う車のライトの数を数えた

祖父が珍しく饒舌になった日があった
何の話なのかわからなかったが野球か何かのことだったのだろう
急に

車が揺れて
紙パックを強く押してしまった
ストローを駆け上った一筋の牛乳が
飛んで
白い雫が車の天井の布に付いた
青信号になる度にこっそり
わたしはティッシュで拭きとった
祖父はわからない話を続けていた

祖父はわからない話を続けていた
わたしのことには気づかなかった

あれは
最後のピアノの日だったんだ
後部座席に寝転がりながらわたしは思い出していた

病院からの帰り道は
不規則に車が揺れて酔う
運転席で母が一人おしゃべりをしている
天井には白いでき損ないの星のような
三つの点がぼやけた染みになっている
わたしはもうピアノを弾かないし
牛乳も飲まない
ピアノのなくなったあの家の壁は
ぼんやり白くなっていた
運転席で母が一人おしゃべりをしている
わたしは手を伸ばしてその
三つの点を指でなぞってみる
それは古くなった瘡蓋のように
固く小さく乾いていた

病室

蛇がおるねん
ほらあそこ
隅っこに
大きい緑の蛇
と
女は痛そうに体を起こし真っ白な壁を指さして私に訴えた
お母さん、
動かないほうがいいよ
ちゃんと横になって
眠ろうよ
と
私が言うと女はムキになって乱暴に人差し指を振った

あんた見えんの？　ほら　おるやん
蛇や　蛇
わ
こっちくる
女の皺だらけの指の感触が私の腕に絡みついた
あんた追い払ってえ
お願い
あたし蛇こわいねん
なあ　お願い
私の腕を握りしめる手の力がみるみる強まっていって
もう何日も切っていない黄色い爪が肉に食い込んできて私は
痛い、痛いよ、
と言ったのだけれど
こわい　こわい
と生臭い甘えた声がざらざらと耳の奥を撫でて

血の止まった私の腕の内側は死んだ魚の腹のように白く濁って
貼りついた皺々の指を一本一本引き剝がしながら私は言った
しっかりしてよお母さん、
蛇なんているわけないでしょ
馬鹿なこと言わないで
早く眠ろうよ
それを聞いた女は拗ねて
あんたはいつもあたしんこといぢめるんや
と言い
あんたなんか大嫌いや
と語気を荒げ
だいたいあんたいったい誰なん?
あたしに偉そうに指図して
と騒ぎはじめ
どうせあんたが蛇ここにいれたんやろ

さっさと帰ってや
帰れえ！
と叫んだ

ねえ、お母さん、蛇なんていないでしょ
泣き疲れて眠った女の背に私は語りかける
緑色の蛇がゆっくりと私の足に巻きついて
丸くなったその体から温かい鼓動が滲む
ねえ、お母さん、蛇なんていないでしょ
寝返りを打って布団を蹴落とした女の
染みで茶色く汚れたガウンがずりあがって
はみ出ているぜい肉に覆われた太ももを見て
夏の終わりに暑さで腐った桃みたいだなって思った

あんなあ

あたしの結婚指輪なくなってん
あの髪のきいろい背のちっさい看護婦やと思うんやけど
あんたどう思う？
と
女がひそひそ声で私の耳に干からびた吐息をかけた
この前机の上こそこそ触っとるから怪しいと思ってたてん
髪きいろいのにろくなんおらんわ
あたしあの指輪命よりも大切やったんやで
あの看護婦やんなあ？
な
あんたもそう思うやろ？
何言ってんのお母さん、
指輪なんかとっくになくしたでしょ
だが女は私の言葉など聞く気はなくて
あの看護婦やわ

あの看護婦かえてや
あの看護婦きにいらんわ
あの看護婦あたしのごはんに変なもん入れよる
なあ　あたし殺されるかもしれん
と
一人でたどりついた結論に興奮しはじめた
お母さんお願いだから騒いで病院に迷惑かけないで
そうや　絶対そうや
な
あの看護婦クビにしたろ
女は緊急用の呼び出しボタンを引っ張って押そうとする
お母さんやめてよ
あの女が　蛇　蛇
私は女の腕を摑んで呼び出しボタンを元に戻す
蛇なんていないじゃない

私は女の上に覆いかぶさる
蛇！　蛇！　蛇がくる！
蛇なんかいないわよ何言ってるのお母さん
女の肩を摑んでベッドに押し倒す
かすれ声を漏らす女の額から粘ついた汗の粒が湧き出る
こっちくる　なあ　助けて　あたし蛇　こわいねん　なあ　お願いやわ
蛇なんかいないって言ってるでしょうるさいのよお母さんは昔からずっとずっと
あんた　蛇　出してえ　蛇　いやや　あたし　殺される
女の首を指で押すと黄色く濁った目が飛び出して赤茶色の血管がじんわりと浮く
蛇がくる
蛇なんていない、いない、いない
私は音を立てずに女の体の上で巻いていたとぐろをほどき骨の浮き出た首に巻きつく

ベッドの脚をするすると伝いリノリウムの床へと下りて
かろうじて窓から入り込む風で開いたドアの隙間から部屋の外に出ていくと

廊下に新品のエタノールの匂いが充満していて大きく息を
すっ
と吸い込むと鼻の奥が痛み
それが気持ちよかった

テーブル越しの話

あるところに一人の女の子がいました。女の子はごく普通の子でしたが、十三歳の誕生日雷に打たれてしまいました。それからというもの、女の子は人と話さなくなり、犬や花や蝶や空とばかり話すようになりました。その様子を気味悪がった大人たちは、彼女を治すためにびょーいんに入れることに決めました。

藤沢、浅井、清田、違う。いつも思い出すことができない顔も名前もぼんやりとして。それでも彼女はしっとりと胸の中に住み着いていて、わたしたちは薄く隔てられている。
ノックをすると、櫛で梳いていない真っ黒な髪を跳ねさせたまま縒れたシャツを羽織った○○さんが出てくる。○○さんは笑う、こんにちは、と言って。こんにちは、と言ってわたしは奥へ入っていく。○○さんの匂い。ぬるく、ぬくく。すっと長く、息を吸い込む。それはまるで彼女に身体を包まれているような温かさを呼び起こす。
わたしたちは席に座る。テーブルを間に挟んで。今日はどうしたの？　と、○○さんが訊ねる。わたしは唇を閉じる。時計が空を叩く。遠くでピアノが鳴る。背を押されたカーテンが部屋に膨らんでくる。

けれども女の子は犬や花や蝶や空と話せなくなりたくなんかありませんでした。びょーいんに入りたくなんかありませんでした。でも女の子がどんなに泣いても泣いても泣いても大人たちは決定を覆してはくれませんでした。カレンダーの×印はよーしゃなく増えていきました。入院の日は一ヶ月後にせまり、二週間後にせまり、とうとう来週にまでせまってしまいました。

わたしは口を開く。発せられた音たちが唇から落ち、ばらばらの言葉が宙で形づくりはじめる。〇〇さんはそれらを一つ一つ手のひらに載せ、テーブル上で紡ぎあげる。彼女は紡いだものが一定の長さになると、黒い大きな箱に丁寧に入れていく。わたしは彼女の生み出す動作を一つ一つ観察する、細長い指の動きだとか、視線や睫毛の揺れだとか。

言葉が途切れる。音が止み、窓の外でピアノが鳴る。時計の針が響く。〇〇さんの手が止まる。彼女は言葉から顔を上げて微笑む。

続けて、と彼女は言う。うん、と言ってわたしは続ける。

ところで女の子には親友がいました。生まれたときから一緒にいる黒い大きな犬でした。女の子はその犬が彼女の胸に顔を埋め、頭をこすりつけてくるのがとてもとても好きでした。その大きな温かい体を抱きしめると、二人の熱が融けあって一つになった気がするのでした。女の子は犬に一生のお願いと言って、ダッシュツすることを相談しました。犬は、わかった、といって二人でネンイリに計画を立てたのでした。

わたしが口をつぐむたびに○○さんは小さく首をかしげ、大丈夫だよ、と言ってまた少し笑う。彼女はわたしの目の奥を覗きこむ。それで？ という無言の問いが先へと促す。わたしは黙ったままでいる。彼女は言う、心配しなくていいんだよ。言葉を押し出すことができない。言っていいんだよ。わたしは言ってしまおうとする。

女の子と犬は約束の日の夜、両親の寝ている隙に、家の裏口に回りました。そこから夜行列車に乗って知らない国へと逃げてしまう予定でした。けれども、犬に連れられて裏口を出ていった彼女は、外で待ち伏せしていた両親に腕を摑まれてしまいました。あっ、と言ったときにはもう遅く、手をしばられ部屋に連れ戻されてしまいました。犬が、ごめんね、と言って尻尾を垂れました。

もうすでに声が失われていることを知る。

（み、）

なあに？

（み、ず、）

どうしたの？

（み、ず、を、）

大丈夫、大丈夫だよ。

足が床を踏まなくなり感じる自分がほどけかけてしまっていること。○○さんはテーブル越しに手を伸ばしてわたしの手のひらを握る。温かい。血が動く。彼女の熱はかろうじてわたしをわたしの体に繋ぎとめてくれているけれどもそれだけの力ではあまりにも脆く抗いきれない。わかっている、この熱は一瞬のものにすぎず手を離した瞬間にほどけ落ちてしまい形を失くすこと。

女の子は、それから夜通し泣き続けました。喉からも目からも黒い血が流れ、床を水浸しにしてしまいました。それを見た両親は、やはり、娘をびょーいんに入れる我々の計画は間違っていなかった、と安心しました。夜が明けて朝が来ると両親は女の子を車に乗せ、すぐにびょーいんに入れてしまいました。

テーブル越しに

真夜中、女の子は犬の名前を叫びながら中庭のプールに飛び込みました。その叫び声を耳にした黒い犬も追いかけて飛び込みました。女の子の体は水に黒く溶けて波となり渦を作り犬も車も建物も飲み込んでしまいました。波が引いたあとプールの排水溝に残ったのは、女の子の髪の毛と犬の黒い尻尾だけでした。

言葉がこぼれ落ち

やはり、気の狂った人は早めにカクリしておかなくてはなりません。こわいこわい。

吐くように沈黙する。

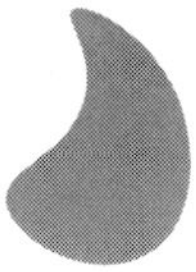

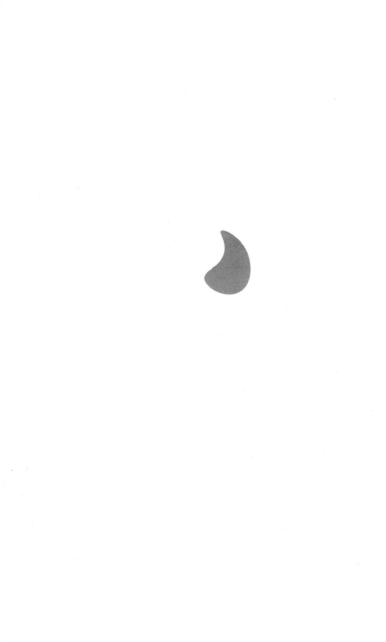

ムーミン越しの話　――あとがきエッセイ

ムーミンの怖い話が忘れられない。

春になり、山で散歩をしていたムーミン（やや卑猥なシルエットをした架空の生物）とスナフキン（世界を放浪しちょくちょく名言を吐くイケメン）は、見慣れない帽子が落ちているのを見つける。その帽子は魔法の帽子で、その中に入ったものを全く違った姿に変える魔法の帽子だった！のだが、そんなことはちっとも知らずに二人は帽子を持ち帰ってしまう。二人はそれをムーミンパパ（ヒゲ）にプレゼントするけれど、ちょっと大きすぎて使えないので、逆さに置いてゴミ箱にすることにした。

さて、それからみんなはかくれんぼをはじめるのだが、何を血迷ったかムーミンはこの帽子の中に入って隠れる。他のみんなが続々と見つかって、残るはあとムーミンだけになり、高々と勝利の笑いをあげるムーミン。「わははは」「あ、声がする！」「帽子の中だ！」「わ、見つかっちゃった」。しかし、出てきたのは、なんと、ムーミンではなくて紫色の気持ち悪い化け物だった。動揺するみんな。僕はムーミンだよ。ムーミンは言い張るが、すっかり外見が変わってしまっているので信じてもらえない。お前誰？　白い目で見られるムーミン。というか紫色の化け物。どうして信じてくれないの？　じゃあ自分で鏡を見てみろよ。鏡を見た化け物は自分の姿に驚き泣きじゃくる。僕が僕じゃない！

という『楽しいムーミン一家』のミュージカルを、わたしは小学二年生のときに友達と友達のお母さんに連れられて見に行ったのだった。怖い。怖すぎる。そもそも成人男性が幼児体型のムーミンを演じるということ自体がホラーだ。しかもその後、例の帽子は風で飛ばされて近くの川に落ちるのだが、魔法のせいで川の水が真っ赤になった。劇場真っ赤。辺り一面血の川。

わたしはもともとお化けや幽霊や血の類いが大の苦手だったのだけれども、このムーミン・ホラー・ショーによって持ち前の怖がりをひどくこじらせた。いわば、ムーミン病にかかったわけだ。家の中のあらゆる扉を閉められなくなった。トイレも開けっぱなしでないと用を足せなくなった。お風呂は扉を開けたまま母親に見守ってもらいながらでしか入れなくなったので、洗面所の床はいつもびしょびしょになった。それだけじゃない。四時四十四分に息をすることができなくなった。火曜日には赤いものを身につけられなくなった。『リトルマーメイド』にでてくるタコおばさんの足を直視できなくなった。飼い犬は目を離した隙に宇宙人に乗り移られた。お兄ちゃんは床屋に行ってつるっぱげになった。箒にまたがって階段の上から飛んで足を折った。

わたしにかかったムーミン病は大きくなってもなかなか治らなかった。高校にあがると、嫌がるわたしをお化け屋敷に無理やり連れ込もうとした友達の手に本気で嚙みついて流血事件を起こした。大学生になると、自分で歩いて進む系のお化け屋敷に入ったものの、途中で恐怖のバロメーターが振り切れ、床にうずくまって号泣しだし、お兄さん（ゾンビ役）に助けられたりした。卒業後、結婚してからもそれは似たようなもので、甲冑を着た誰かがいつもわたしと遊びたがってそばに寄ってきたものだった。がちゃーん。がちゃーん。

この十五篇は詩を書き始めるようになってから一年半くらいの間につくったもので、それからまた一、二年程過ぎた今になって読み返すと、たった数年の違いだけど、このときの自分はまだ四時四十分に息をできなかった頃の自分なんだな、と感じた。それはもう、わたしではないから、成仏させてやらないといけないと思い、今回、ひとつの本にまとめて出版することにした。

今、わたしはひとり暮らしをしていて、火曜日でも赤いマニキュアを塗りたくれるし、タコおばさんの足をケータイのストラップにだってできる。この先マーライオンに対面したとしても目を合わせて「お座り」と言うこともできる。だからもうすっかりムーミンを乗り越えられたのかというと、それは別にそういうわけではなくて、やっぱり左腕の中で虫はうじゃうじゃしているし、家を猿たちに包囲されたらどうしようと焦ったりしている。

でも一つ作品をつくるごとに、ムーミンの呪いを一つ解いていけたらいいなとわたしは思う。それがどこかのお化け屋敷で迷子になっているムーミン患者のものであれ、何であれ。

本書を刊行するにあたっていろいろな方にお世話になりました。何から何まで相談にのって面倒をみてくださった川口晴美さん、作品をまとめて出版することを勧めてくださった堀江敏幸さん、快く推薦文を書いてくださった佐々木敦さんと伊藤比呂美さん、七月堂の岡島星慈さんと知念明子さん、大変お世話になりました。また、装幀をつくってくれた福田正知くん、原稿を読んで意見をくれた水原涼くん、編集を手伝ってくれた竹田純くん、写真をとってくれた伊口すみえちゃん、いつも支えてくださる林麗子さん、それから母、どうもありがとうございました。

呪いをかけられたムーミンがそのあとどうなったか。

化け物が泣きじゃくっているところに、買い物に出かけていたムーミンママが帰ってくる。僕は本当にムーミンなんだ、信じてよ、と訴える化け物。化け物のことをじっと見つめるムーミンママ。しばらくの間黙って見つめ合った後、ムーミンママは口にする。

「あなたはムーミンよ」

するとの例の帽子の魔法が解けて、元の（やや卑猥なシルエットをした）姿に戻るのだ。めでたしめでたし。

二〇一七年　九月

深沢レナ　Rena Fukazawa

1990年生まれ。法学部卒業後、専業主婦生活を経て、現在、大学院生。『ヒドゥン・オーサーズ Hidden Authors』（惑星と口笛ブックス）、『something 25』（書肆侃侃房）などに参加。文芸同人『プラトンとプランクトン』主宰。

痛くないかもしれません。

二〇一七年九月三〇日　発行
著　者　深沢　レナ
装　幀　福田　正知
発行者　知念　明子
発行所　七　月　堂
〒一五六―〇〇四三　東京都世田谷区松原二―二六―六
電話　〇三―三三二五―五七一七
FAX　〇三―三三二五―五七三一
印　刷　タイヨー美術印刷
製　本　井関製本

Printed in Japan
ISBN 978-4-87944-295-6　C0092

深沢レナ『痛くないかもしれません。』栞

係留気球を切り離す――

堀江　敏幸

目が悪いせいで、坐っているときのシルエットと身にまとっている空気でおそらく彼女であろうと判断するしかないのだが、当たっているかどうかは名前を呼んでみればすぐわかることだ。まずは出席簿に記された名を口にしてみる。返事がある。よかった、と安堵する間もなく、周囲から不満の声があがる。その呼び方ではしっくりこないと言う。素直に謝って、深沢さん、と言い直す。返事がある。しかし反応は冷たい。呼ばれた方の表情もどこか冴えない。むしろ好ましくないという顔つきである。すみません、と私はふたたび頭を下げ、機関誌ではじめて作品に触れたとき記憶に留めた筆名を口にする。れなざわさん。返事がある。今度はだいぶよさそうだが、頭のなかのひらがなを見透かされた気がして謙虚に言い直す。レナ沢さん。また返事がある。これでいいのだろうか。いいのかもしれない。

会うたびに、正確にこの順序で顔認識が繰り返される。しかたがない。彼女のなかには、異名とまではいかないまでも、浮力に差のある複数の語り手が存在し、それらが紙の空につながれたまま、風に流されることなくふわふわ浮いているからだ。最初に読んだ作品が「膨らむ」だったことも、そんな印象を強めているだろうか。膨らんだ太陽と膨らんだパンが、ただ膨らむだけで上昇を控えているむずむずした感覚。大きさの異なるふたつの気球が、近づいてはいけない「枯れ野原」の領空を侵犯し、しかもロープにつながれたまま身動きできなくなっているような不安。この書き手は、空っぽなのに軽くない、むしろ不自由なものに惹かれている。そう思って、他の数篇をたどると、はたして満たされない「空腹」があらわれ、腕に巣喰う白い嚢胞みたいな「芋虫」がそれにつづいていた。この先、彼女はどんなふうに中空で身を持すつもりなのだろう。期待と不安のなかで、私は待った。

一年後、おなじ機関誌の空に、彼女の気球は輪郭をより明瞭にして戻ってきた。それだけではない。空だった球には「夏の終わりに暑さで腐った桃みたい」な物質が充塡されていた。重量を増した気球は、ドラム式の洗濯槽と化して、からから音を立てて回転し、地に落ちることもなく、「白い仔犬」に出てくる首吊り死体に倣って「緩やかに回転して」いた。大玉の西瓜よりも重いその頭部を支えていたのは、命を奪ったという意味での命綱であると同時に、猿の姿を借りて積み重なり、密度を増した空気の圧である。不思議な光景だ、と思った。空っぽなものをあえて満たし、重さを与えてからもう一度浮かせてできた言葉が、吹き抜けのフロアに伸びるエスカレーターをのぼっていくのだから。それが消えてしまわないうちに、なんとかつかまえておきたい。私には「せんせい」のように先まわりする力などなかったけれど、彼女は泰然としていた。気球のぶらさがる枯れ野を海に変え、いつのまにか他者の「お話」に耳を傾けて、どの呼び名にも反応できる術を身に付けていた。

「それではマンボウ学者の木村さんにお話を伺ってみましょう。／パイナップルと共に太平洋の上に浮かぶマンボウ。／痛くないかもしれません。」（「マンボウの皮膚」）。

海風が空気猿の呼気に加わって、死んだ魚の白い腹が平たく膨らみ、海に浮かんだ太陽かとみまがうマンボウになっている。れなざわレナ沢深沢レナはその傷つきやすい横腹の皮膚をみずからまとって、複数の自分を強烈な陽射しと鋭い爪を持つ海鳥たちにさらしていた。待った甲斐はあった。私はテーブル越しに、名前は呼ばないで、おずおずと旧仮名遣いの進言を試みた。どうでせう、まだ痛みはあるかもしれませんが、そろそろ観測用の係留気球をいくつか選んで圏外へ飛ばしてみては？　彼女は少しも表情を変えずに、痛くないかもしれません、とまっすぐに答えた。